# Ein Gefühl namens Liebe

MEGUMI MORINO

6

c o n t e n t s

## Characters

Sie sind ein Paar. ♥♥

### Saki Hananoi

Sieht super aus und ist in Hotarus Parallelklasse. Er ist schlau und hat nur die besten Noten. Wenn er jemanden liebt, dann richtig.

### Hotaru Hinase

Elftklässlerin und liebt Essen über alles. Sie war sich sicher, dass sie sich niemals verlieben könnte… aber dann…?

**Hotarus Klassenkameraden**

### Keigo Kurata

Hananoi-kuns Klassenkamerad

### Hibiki Asami (Kyo-chan)

Hotarus Klassenkameradin. War mit Hotaru in der Mittelschule.

♥ Ein Paar

### Tsukiha Shibamura (Shibamu)

Hotarus Klassenkameradin

**Arbeitskollegen**

### Sohei Yao

War mit Hotaru in der Grundschule. Sein Hund heißt auch Hotaru.

### Satomi Satomura

Studentin im zweiten Jahr und verrückt nach einem Idol.

## Story

An einem verschneiten Winterabend beobachtet Hotaru Hinase zufällig, wie Hananoi-kun aus der Parallelklasse von seiner Freundin abserviert wird. Bevor er völlig durchnässt ist, leiht sie ihm ihren Regenschirm – und am Tag darauf macht er ihr ein Liebesgeständnis! Hananoi–kun und Hotaru versuchen sich an einer Probebeziehung auf Zeit und Hotaru lernt dabei viele neue Gefühle kennen. Eines Tages stellt sie fest, dass sie sich in Hananoi-kun verliebt hat und gesteht ihm ihre Liebe. Und so werden die beiden ein echtes Paar! ♥
Hananoi-kun und Hotaru sind jetzt in der elften Klasse. Hananoi-kun möchte Hotaru erzählen, dass er mit ihr in der Grundschule war, aber es fällt ihm sichtlich schwer. Hotaru schlägt ihm darum vor, nichts zu überstürzen und sich Schritt für Schritt einander anzunähern. Und dann kommt es zum ersten Kuss…!

# KAPITEL 21 Meine erste Liebe

Special Thanks to

Meiner Redakteurin:
Y-san

Kyonko-san
Shiiya-san
Takematsu-san
Sugi-san

Hilfe bei der
Recherche:
Takahashi-san
Idenaga-san
Sakanishi-san
Suzuki-san
Ogata-san
Obi-san

Fotomaterial:
Kouki Nagahama-sama
Katsuya Murata-sama

Kouhei Tawada Design Office

Meiner Familie, meinen Freunden
und Ex-Kollegen, die mich immer
unterstützen.

# Ein Gefühl namens Liebe

Taumel
Tip
ZUCK
So... Sorry... !
SCHRECK
Wo bleibt denn der Zug? Wenigstens hat es aufgehört zu regnen.
Stimmt ... Die Warterei macht einen müde...
Ich freu mich, dass ich länger bei ihr sein kann...
Heute haben wir uns...
... zum ersten Mal geküsst.
Nick...

Ist sie erschöpft ...?
Vielleicht hab ich übertrieben...
コクッ…
NICK
Taumel
!!
はし
GRAP
Huh...
Hah...
Stille
Das ist kein Traum, oder...?

Mein Wunsch hat sich erfüllt...
Was mein früheres Ich dazu sagen würde?
Kann es sein...
... dass du in die Kleine verknallt bist?

Hä?
Du liest schon ewig dieselbe Seite...
Deine Augen folgen die ganze Zeit dem Mäd-chen.
Verstehe... Das ist also der Grund, warum du sogar bei dieser Eises-kälte auf den Spielplatz kommst...
Das stimmt nicht!
Ich bin nicht in sie verknallt...!! (Flüster)

!
TONK
Es ist nur so, dass sie neulich was für mich aufgehoben hat...
Murmel
Murmel
Aha.
Oh.
Tut mir leid!
Es ist windig. Passt auf, dass er nicht auf die Straße fliegt.
Ja, vielen Dank!
...

Ein gutes Mädchen.
War das nicht normal ...?
Das verstehst du vermutlich noch nicht.
„Ist doch normal, dass man hilft, wenn jemand Probleme hat.“
„Ist doch normal, dass man sich entschuldigt, wenn man was falsch gemacht hat.“
„Danke zu sagen, ist völlig normal!“
Etwas Normales ganz selbstverständlich zu tun ist viel schwieriger...
... als man denkt, findest du nicht?

...?
ガチャッ...
KLACK
Ich bin zurück...
Du weißt, dass Saki in die Mittelschule kommt?!
Er hat sich so für die Aufnahmeprüfung ins Zeug gelegt. Dafür könntest du nach Hause kommen, oder?!
Was, schon wieder...?! Warum sind dir fremde Leute so wichtig...?

Oh, Saki-kun. Du bist zurück? Schön, dass du da bist.
Hallo Tante.
Telefoniert sie mit Mama?
Ja, schon...
Deine Mama und Oma liefern sich ein hitziges Gefecht...
Kann sein, dass du sie heute nicht sprechen kannst...
Waaahn!
Ist ja gut...
Es reicht! Er ist schließlich dein Sohn!
Du Dickkopf!
KLACK
ZUCK
Oh ...
Willkommen zurück, Saki.

Hallo.
Ich hab das Monster nicht fangen können.
Lins
Das Game hab ich auch...
Also ich hab's.
Echt? In welchem Gebiet war es?!
Es war...
キーンコーン
DING
DANG DONG

Und Kinoshita-san aus Klasse 2 soll Yao-kun ein Liebesgeständnis gemacht haben!
Waaas?! Wahnsinn!!
Wie mutig!!
Ha! Ha! Ha!
RESTMÜLL
Also... wir sollten fegen ...
...
RAUN
Kreisch!
...
Schafft sie es nicht, die beiden zu unterbrechen ...?
Irgendwie sympathisch...
Hotaru-chan, hier drüben sind wir fertig.
STRAHL
Warum...
... interessiere ich mich so für sie...?

RÜCKGABE
Swupp
ZUCK
...
Was mach ich denn ...?
Wie ein Stalker ...
?

!
Zum Gemeindehaus geht's die Straße lang...
Sie war nicht sicher, ob sie die Frau ansprechen soll...
Etwas Normales ganz selbstverständlich zu tun ist viel schwieriger...
... als man denkt, findest du nicht?

14.02.
Tagesdienst:
Bald ist euer letzter Tag an der Grundschule.
Darum habe ich eine besondere Hausaufgabe für euch.
Ihr geht bald in unterschiedliche...
... Mittelschulen und manche müssen sich von ihren Freunden trennen.
Ich möchte, dass ihr diese Vorstellungskarten ausfüllt.
NAME
GEBURTSTAG
TRAUM
Tauscht die Karten mit mindestens drei Kindern ...
... mit denen ihr befreundet bleiben wollt.
Raun
Raun

Puh...
Ich hab doch gar keine Freunde...
Müssen es Kinder aus der Schule sein...?
Ausgerechnet heute ist er nicht da...
NAME
GEBURTSTAG
STERNZEICHEN UND BLUTGRUPPE
DAS MAG ICH:
DEN MAG ICH:
TRAUM:

Puh...

Ehm... gehört das dir?
?!

?!
...!!
NICK
NICK
Peinlich! Sie hat es gesehen...!
...
?
Die Vorstellungskarte!
Dann bist du auf meiner Schule...?!
Ich hab dich in der Schule noch nie gesehen.
Sie hat mich angesprochen!!
Wo ist denn der Mann heute?
Hn ...
Oh.
?
Also ...
Stille
...
...
Willst du das niemandem geben?

Ich habe kei...
... kaum Freunde...
Aus Stolz
Geht mir auch so.
Ich weiß auch nicht, wem ich die letzte Karte geben soll.
Was?
Wie?!
Geht das?!!
KRONCK
Wollen wir nicht die Karten tauschen?

Oh!
Ich hab sie ja noch gar nicht ausgefüllt.
Kein Problem. Gib sie mir einfach in der Schule.
Darf ich wissen, wie du heißt ...?
Oh!
Ich bin Hotaru... Hotaru Hinase.
Zuck
Ich bin...
Sa...
Sa...
Ki...
Genau.
NAME

Sasaki-kun also!
Was?!
Oh.
Halt ...!
Wenn ich sie korrigiere, ist ihr das sicher unangenehm...
...
...
?
Also ...
Wir sehen uns in der Schule.
Sasaki-kun.
NAME Hotaru Hinase
Ich hab kein Smartphone
STERNZEICHEN UND BLUTGRUPPE
Steinbock/Blutgruppe 0
GEBURTSTAG
24.12.
DAS MAG ICH:
Reis, weiche Sachen
Leckereien der

Hah ...!
Wie schön wäre es...
... wenn dieses Mädchen ...
... mich gern haben würde...

Wie schön wäre es...
... wenn sie meine Seelenverwandte wäre...
DING
Tschüss!
DONG
... はぁ~
HAH!
Oje... schon so viele Tage vergangen, ohne dass ich ihr die Karte geben konnte...
Schon März...
Ich würde gern mit ihr allein sein... aber es gab noch keine Chance...
Ich hab doch keine Zeit mehr...
Hey, da ist Yao-kun, oder?
Was?
Stimmt. Wer ist das bei ihm...?
Was? Nein!? Haben die sich gerade umarmt?!
KREISCH!

Bis zum Abschluss nur noc

NAME
Hana
Kriege ich es wirklich nicht mehr hin... ?!
GEBURTST
TRAUM
Buchmacher werden
Hah...
Oh...
Ihre Schuhe...
... sind noch da.
Also... wir...

... sehen uns in der Schule.

Wenn sie in ihrer Klasse ist, geb ich sie ihr!
Wenn sie in ihrer Klasse ist...
... geb ich sie ihr...!
Wenn sie in ihrer Klasse ist, geb ich sie ihr!
!!!
!...
Ist jemand bei ihr ...?

Du hast nicht ein Mal...
... an meine Gefühle gedacht, Hotaru-chan...

Hn...?!
KLACK
?!
DASH

Prust!
Oh!
Du bist aber spät. Ich dachte schon, du kommst gar nicht mehr.
Was ist...? Willst du dich nicht setzen?
Ich... bin das Hinterletzte...
Nicht doch!
War was in der Schule?

Einschrei-
ten...
Den
Lehrer
holen...
Sie
trösten...
Es gab
so viele
Möglich-
keiten.
Aber
ich...
... hab sie
heulend
zurückge-
lassen...
... ich...

Ich...
Hn...
Hick ...
Uuh ...
Uuh...
Ich konnte nichts tun...
Hick... ich hätte mich nie ...
... in sie verlieben dürfen...

Schnief
Ich weiß ja nicht, was passiert ist...
Hick...
...
Aber weine nur, weine nur.
Jeder Rück-schlag macht einen nur stärker.
Aber dass du dich nicht in sie hättest verlieben dürfen...
... stimmt nicht.
Man verliebt sich nun mal, ob man will oder nicht.

Darum ist es nieman-dem ver-boten...
... sich zu verlieben, okay?
Wir bitten die Verspä-tung zu ent-schuldigen.
Auf Gleis 1 fährt jetzt der Zug nach Shinomiya ein...

Hmm...
ZUCK
Hä...?! Entschuldige!! Ich bin eingedöst...!
Guten Morgen!
Kein Problem. Im Gegenteil...
Es macht mich glücklich!
Mach das wieder, ja?
Wieder ...?!
Glü... glücklich...?
Ja.
Glücklich.
Ich hätte nie gedacht, dass wir...
... uns wiedersehen.

Und noch weniger, dass sie mich noch einmal anspre-chen würde.
ZUG FÄHRT GLEICH EIN
Also dann...
Bis morgen!
Ja.
Bis morgen.

Blush
Zuck
?
Na ja... ich dachte gerade daran, was heute so passiert ist...
Dass sich mein Wunsch...
... erfüllen würde...
Errröt
Also... ich freue mich auf die kommende Zeit!
Ja.
Nick

So gesehen hat er mir...
... nie beigebracht, wie es weitergeht...
... wenn es mit der Liebe geklappt hat.
Ich war so darauf fixiert, ihr Herz zu gewinnen...
... dass ich mir darüber nie Gedanken gemacht habe.

Irgendwann kommt der Tag...
... an dem ich dir von meiner beschämenden Vergangenheit erzählen kann.
Ob ich dann...
... der Mensch bin, den du verdienst ...?

30 cm Unterschied

Bonus-Hananoi-kun

## Die Folgen des Kusses

Was für ein Tag…

## Eine friedliche Mittagspause

# KAPITEL 22 Nach dem ersten Kuss

Ein Gefühl namens Liebe

Hotaru-chan, da ist wieder Sahne an deiner Backe.

わああああ
WAAAAH!
Blinzel
あああああ
WAAAH!
ちゅん
TSCHILP
ちゅん
TSCHILP
Vor kurzem habe ich Hananoi-kun zum ersten Mal geküsst.
Hah
Hah
Zitter
Zitter
Schon wieder diese komischen Träume...!
Ich kriege es nicht aus dem Kopf ...!!!
Brüll hier nicht so rum, Schwesterchen!
Hananoi-kun, ich hab etwas herausgefunden.

Peinlich ...
... ist nicht das Küssen selbst...
... sondern vielmehr die Zeit danach...!!
Hatschi!
?
Hey, bist du krank?
Nein.
Alles okay.
Tut mir leid, dass ich dich an deinem freien Tag in die neue Filiale bestellt habe... aber bald ist Eröffnung...

Arbeit ist Arbeit.
Unser Laden hat eigentlich nicht genug Personal, um auch noch in einer Zweigstelle auszuhelfen...
Na ja, das kann noch etwas dauern. Iss bitte, was du willst.
※In der Mittagspause
Vielen Dank.
Übrigens... wegen des neuen Buchs von Ohashi, das nächsten Monat erscheint...
Der Verlag hat mir die Druckfahne zu Lesen gegeben.
Es war richtig gut. Ich will es als Empfehlung auf einem Büchertisch präsentieren.
Diesmal gibt's ein Happy End!
Wirklich? Dabei enden seine Bücher meist traurig...
Ohashis Bücher sind immer spannend. Nur das Ende gefällt nicht jedem.

Bei seinem letzten Buch wusste man nicht recht ...
... was die Hauptperson eigentlich vor-hatte, oder?
Ich mochte es ziemlich gern.
Das Gefühl, sich an das Glück im Hier und Jetzt klammern zu wollen...
... und das Gefühl, das Glück lieber schnell zur Vergangenheit werden zu lassen...
... weil es vorbei ist, sobald die Wahr-heit ans Licht kommt, können nebeneinander bestehen, denke ich.

Zur Vergangenheit werden zu lassen...
Sind das die Gedanken eines Elftklässlers?
Wow... gut gesprochen...
Finden Sie...? Ich tausche mich nicht sehr oft mit anderen aus, darum weiß ich nicht recht...
Entschuldigung.
Nein, ich finde das sehr interessant!
Aber redest du nie mit Freunden über so etwas?
Ich habe aus Prinzip keine Freunde.
Waaas?
Wieso das? Grundsätzlich nicht?
Ja... in den 17 Jahren meines Lebens bin ich zu diesem Schluss gekommen.
Etwas früh, wenn du mich fragst...
Wie schade...

Ich für meinen Teil rede ziemlich gerne mit dir.
...
Klang das komisch ...?
?
Abteilungsleiter Kuroe...
Wir sind nicht befreundet. Vielleicht fällt es mir deshalb leichter, zu reden.
Vielen... Dank...?
Aber ohne Freunde hast du ja gar keinen, mit dem du Probleme wälzen kannst, oder?
Es gibt sicher Themen, die du nur mit anderen Jungs oder Leuten in deinem Alter besprechen kannst, oder?

Nein, das hat mich bisher nicht...
Oh.
Oh ...?
Nein, nichts...
Ich nehme die Teller mit.
Raun
Raun
...
KLONK
カチャ
Also ...
Ich hab...
... neulich was...
... in einem Buch gelesen.

Über einen Jungen...
... den seine Freundin „süß“ nennt...
Wie finden Sie das...?
...はぁ
HAH...
Was ist...? Du seufzt schon die ganze Zeit.
Oh, entschuldige!

Wenn's dir nicht gut geht, können wir's auch verschieben.
Nein, es macht Spaß! Wir waren lange nicht mehr zusammen unterwegs, Schwester-chen.
Außerdem wollte ich mit dir nach Kleidern suchen.
Dann ist ja gut...
Ich hätte nie gedacht, dass ich dir mal bei einem Outfit für ein Date helfen würde.
Neulich meintest du noch, du verstündest nicht, warum man sich küsst...
Aber es läuft ganz gut bei euch, oder?
Oh!
Also deswe-gen...
... na ja ...
DAMPF
Äh ...
Sie haben sich geküsst ...!

Oh nein, ich wollte das Thema nicht ansprechen ...!
ZUCK
Meine zeit als Single = Jetziges Alter! Hotaru ist das zum Glück nicht aufgefallen...!
Lange kann ich die Fassade nicht aufrechterhalten...!
Irgendwie...
Aber ...
Ich hätte nicht gedacht, wie krass das ist...!!
(Fiep)
BIBBER
BIBBER
Kr... Krass... ?!!
Wi... wirklich ...?
Ich weiß jetzt, wie es ist, ihn anfassen zu wollen.
Aber der Drang ist zu stark...!
Kaum zu fassen, dass es allen Menschen so geht...

Und hinterher...
... ist es mir total peinlich.
Ich frage mich, ob meine Lippen zu trocken waren...
... und was ich gegessen habe...
Sah ich mit geschlossenen Augen nicht fürchterlich aus...?
Beim Gedanken, das wir das wieder tun...
... kann ich ihm nicht ins Gesicht sehen...
Ob es allen so geht...?
KLLK
Was soll ich nur tun, Schwesterchen?!
?!
DOOOM
Sch... Schwesterchen...?!

Was ist los?!
Warum bist du so blass??
Prust
Ich... gebe auf...
Eigentlich hab ich mich nie für die Liebe interes-siert.
Ich wollte nur in der Schule, im Verein und bei der Arbeit...
... alles geben und die Beste sein.
Ich hab es genossen, wie meine kleinen Schwestern zu mir auf-sahen...
Ich war stolz, die perfekte große Schwester zu sein.
Was willst du heute für eine Frisur?
Dieselbe wie du!
Immer das gleiche mit dir, Hotaru.

Aber jetzt reicht's.
Und Hotaru hat einen Jungen kennen-gelernt.
Ich habe immer getan, was ich tun wollte.
Nichts davon ist besser oder schlechter.
Ich werde ihr die Wahr-heit sagen.
Ich kann dir nichts mehr beibringen.
Du bist kein Küken mehr.
Breite deine Schwingen aus und verlasse das Nest...!

Hotaru ...
Ja?!
Wackel
Wahres Ich
Stolz
Wackel
??
Wie wär's, wenn wir...
... Lipgloss kaufen...?
Unbedingt!!
POM POM
SAPPARING
SOUKAI STUDIO
POM POM
SAPPARING
SOUKAI STUDIO

Also dann...
Schönen Feier-abend...!
Ich muss noch was einkaufen.
Bis dann!
Hä?
Ist das nicht Hinase-san?
Hä?
!

Waaah!
Was mach ich bloß? Wenn man vom Teufel spricht...!!
Hilfe!
?
ZUCK
ピ
AHA!
Guten Tag!
Dass wir uns hier treffen würden ...?!
Tap
Tap
Stimmt ja, die neue Filiale benötigte Hilfe.
Genau, wir sind gerade fertig.
Und ihr seid beim Shoppen, Hotaru-chan?

Blush
Nick
Ja! Mit meiner Schwes-ter...
Oh, das ist meine Schwester.
Echt? Deine Schwes-ter?
Welcher der beiden ist es...? Keiner entspricht meiner Vorstel-lung...!
Hotaru ist uns eine große Hilfe.
Nick.
Hallo.
Blick

Der da sieht aus wie ein Popstar... wenn das ihr Freund ist, vergnügt er sich nur mit ihr oder macht ihr was vor.
Welcher ist es?
Der andere ist zu alt...
Ein Erwachsener, der sich an eine Oberschülerin ranmacht, kann nichts taugen...!
?
Fazit: Hoffentlich ist es keiner der beiden!
Freut mich, dich kennenzulernen. Ich heiße Saki Hananoi.
Ich bin Hotaru-chans Freund.
XYZ

Der ist es also...
Ich hab viel von dir gehört.
Herr Kuroe ist mein Chef im Buchladen.
Ach so! Das wusste ich nicht.
Blick
Freut mich...
Blick
...
Also dann, ich muss zur Arbeit zurück. Ich verabschiede mich hier.
Pat

Viel Erfolg!
Auf Wieder-sehen!
Ich kann ihm noch nicht ins Gesicht sehen.
Ich hatte nicht erwar-tet, ihn zu treffen...
Lins
Ich dachte nicht...
... dass ich mich so freuen würde!
Äh... hast du noch et-was Zeit, Hananoi-kun?
Äh, ja...

Schwesterchen... meintest du nicht, du müsstest zur Arbeit...?
Kann ich noch etwas mit Hananoi-kun quatschen...?
Aber komm nach Hause, bevor es dunkel wird, ja?
Nick
Na ja, man sollte Menschen nicht nach dem Äußeren beurteilen.
Ich werde Hotaru später ein wenig ausquetschen.
SAPPARING
SOUKAI STUDIO

Aber...
... nicht schlecht, kleine Schwester...!
Taumel
Beb
Beb
Mein erster Eindruck ...
... war nicht so toll, was?
Das passt schon!
Meine Schwester schüchtert jeden ein, ist aber total lieb...
Okay ...!

ZUCK
Übrigens, wie war's heute?
Du hast den ganzen Tag mit Kuroe verbracht, oder?
Schwupp
Hat's Spaß gemacht?
XYZ
Hmm ...
Es war... erfrischend ...
Wir haben in der Pause ziemlich viel geredet.
Kuroe liest noch mehr als ich, darum hat er auf alles eine Antwort.
Das habe ich noch nie erlebt.
Das hat sich seltsam angefühlt...
Das heißt...

... es hat...
„XX" und „YY" kannte er schon.
Er wirkt immer so beschäf-tigt. Woher nimmt er die Zeit zu lesen?
... Spaß gemacht ?
Das freut mich!
Schön.

Endlich siehst du mir wieder in die Augen.
DODOM
Hä?
Seit jenem Tag bist du meinem Blick ausgewichen.
Erwischt!
Ich hatte schon befürchtet, ich mache dir Angst...
Ich war so aus dem Häuschen und konnte mich nicht zurückhalten...
Tut mir leid.
Ach so!
Dann waren das wirklich außergewöhnlich viele Küsse ...?!

Gut möglich... das variiert natürlich ...
Da bin ich erleichtert!
PUH!
ほー…っ…
Ich dachte schon, wenn wir das immer machen, über-leb ich das nicht... !!
ズーン…
DOOOM
O... okay...
Das war wohl wirklich... für den Anfang zu viel...
ZUCK
Oh, halt...
So hab ich das nicht ge-meint... !!
Aber was will ich eigentlich ...?
Wie soll ich sagen...
Wie wäre es...
... wenn ich dich fürs Erste immer vorwarne...
... wenn ich dich anfassen oder küssen möchte?

XYZ
Das würde dich sicher beruhigen, oder?
Hä?
Da...
Danke ...?
Das stimmt schon...
Ich bräuchte nicht mehr so aufgeregt zu sein...
Aber...
... es war mir ja auch nicht unan-genehm...

Es hat mir auf jeden Fall... gefallen...
Hä...?
Wir sind schließlich ein Paar.
Wenn man den anderen berühren möchte, ist das total verständlich, finde ich.
Auch ich will dich manchmal anfassen...!
Es ist nur so neu für mich und ich bin so nervös...
Aber es kommt mir unfair vor...
... dass du deswegen wieder zurückstecken sollst ...!

XYZ
Jetzt...
... wo du es sagst...
... möchte ich dich...
... jetzt sehr gerne küssen...

Was?!
Hier?! A... aber...
Blick
Niemand...
... sieht uns...?
Ein...
Ein bisschen geht wohl...

Sutsch

Ist das
Lipgloss?
Hibbel
Hibbel

PRUST!
Hn...
Du lachst ...?!
Seh ich so komisch aus...?
Blinzel

XYZ

Nein, nicht komisch.
Entschuldige... du warst nur so süß...
Danke.
Ich lieb dich echt, Hotaru-chan.

Ich ver-
suche, ein
besserer
Freund zu
werden.
Baff
Ich
auch...
Ich
möchte
schnell die
perfekte
Freundin
sein.
Das
reicht...!

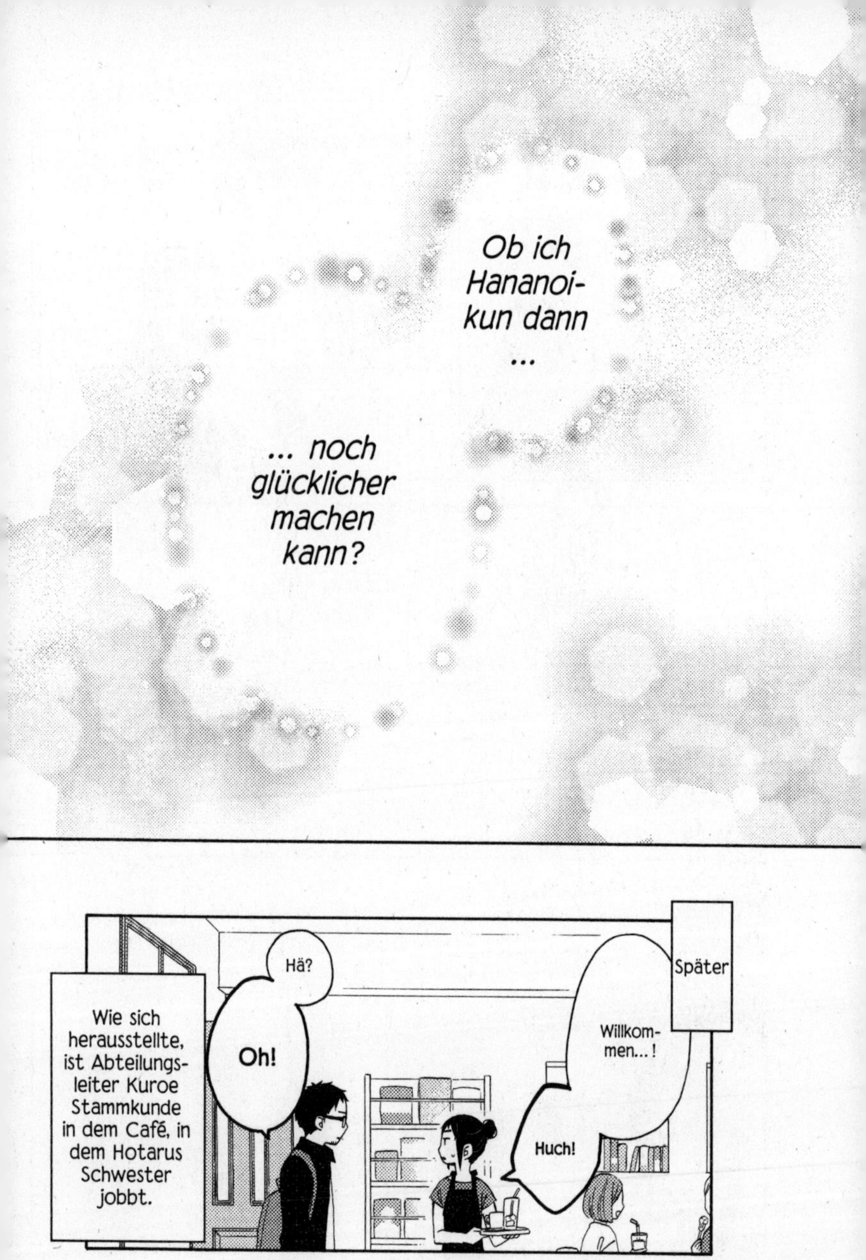
Ob ich Hananoi-kun dann ...
... noch glücklicher machen kann?
Später
Willkom-men...!
Huch!
Hä?
Oh!
Wie sich herausstellte, ist Abteilungsleiter Kuroe Stammkunde in dem Café, in dem Hotarus Schwester jobbt.

Hab ich mich erschrocken
Ich hab neulich Hotarus Freund getroffen.
Hä? Hananoi-kun?
Mama
Ich hab ihn mir ganz anders vorgestellt!
Sie ist richtig aus dem Häuschen...!
Dass sie so laut wird...
Du meintest doch, er wäre so höflich ...?!
Vorstellung
Schlicht
Und dass er total verliebt sei...!
Stimmt das nicht?
Na ja, er war höflich...
... und sehr verliebt, aber ...
In Papas Herzen
Papa weiß davon ...?
Tuschel
Er hat ihn an Weihnachten getroffen.
Papa, hattest du keine Einwände gegen Hotarus Beziehung?
Unerwartet
Hä...? Wirklich einverstanden bin ich nicht...
Aber ich hatte erwartet, erst einmal deinen Freund kennenzulernen.
Darum war ich etwas sprachlos.
Uh...
Hn...
Aber Beziehungen in der Oberschule halten eh nie lange...
Hehe!
Ganz schön gerissen, Papa!

Der Abteilungsleiter kommt nach der Arbeit zum Essen vorbei

Sie dachte, er wäre über dreißig.↑

KAPITEL 23 Mein erstes Ballsportturnier

# Ein Gefühl namens Liebe

PAMM
Den nehme ich!
Heute trainieren wir in Sport...
... für das Ballsport-turnier.
FLUSCH
TRILLER
Mach dir nichts draus, Hinase-san.
Hah!
Hah!
Danke schön...
Sorry ...
Tut mir leid, Hotaru, aber unsere Klasse hat eindeutig die besseren Chancen auf den Sieg...!

Uh... der Sieg...
Die Siegerklasse darf am nächsten Tag...
WAAAH!
うおおおお
... in der Mensa essen, wie sie will, und das völlig umsonst!
キャー
KREISCH!
Das Bambusstreifen-auf-Reis-Menü, das immer sofort ausverkauft ist, würde ich zu gerne essen...!!!
Zumal die Bambus-Saison bald vorbei ist.
Wir sollten bis zum Turnier fleißig üben.
Auf, Jungs!
Hananoi, das war zwar nichts, aber gut gekämpft!
Mach dir nichts draus!
Das wird schon!

Schwupp
DOOOM
Hananoi-kun meinte mal, ihm läge Teamsport nicht besonders. Ob das gutgeht ...?
Hibbel
Hibbel
Klar, er hat doch Kei-chan.
Hananoi, voll gut!
Kei-chan kann eigentlich sehr gut Stimmungen einschätzen...
Er versucht es nur um jeden Preis zu vermeiden. Das ist mir neulich klar geworden.
!
Danke.
Huh...

DING
DANG
DONG
Hah...
Ich glaube nicht, dass wir gewinnen können...
Ich bin in Sport echt 'ne Niete, darum falle ich immer allen zur Last...
Das macht doch nichts! Solange eine unserer beiden Klassen gewinnt, ist alles gut!
Die Wahrscheinlichkeit beträgt ein Viertel!
Grap
Ein Viertel ...?!
WHOP
Du wirst deinen Bambusstreifenreis bekommen ...!!
Hehe!
Hehe!
Hihi, danke! Ich würde ihn zu gerne mit dir teilen.

Ich werde fleißig trainieren!
Ich freu mich sogar schon ein bisschen darauf.
Ich hab dich noch nie beim Sport gesehen.
Das Tischtennis-Match hab ich leider verpasst.
Ich komme zum Spiel und feuere dich an!
O... okay...
Sport ist doch...
Murmel
Murmel
?
Ach nein, nichts.
Ich geb mein Bestes...!
Okay...!
Legen wir uns ins Zeug!

Am nächsten Tag
Und darum möchte ich unbedingt gewinnen.
Ich will ab heute jeden Tag trainieren.
ドーン
DOOOM
Je... jeden Tag...?!
Nick
Na ja... ich hab auch noch den Verein...
Wenn du nicht willst, überleg ich mir was anderes...
Warte! Ich hab nicht gesagt, dass ich's nicht mache!!
Schlurf
Schlurf
Eine Bitte von Hananoi schlägt man nicht leichtfertig ab!!

Es muss ja nicht jeden Tag sein. Aber vielleicht kannst du mir...
... ein paar Tricks und Techniken beibringen...
RESPEKT
殊勝
Irre, dieser Bambusstreifenreis...
Basketball ist ein Teamsport.
Wenn wir trainieren, dann nur zusammen.
Aber warum sollten die anderen wegen mir trainieren wollen...?
Ich glaube, sie mögen mich nicht besonders.
Nicht doch ...!
Wie wär's, wenn du ein bisschen auf sie zugehst ...?!

Kann es sein, dass du dich mit Absicht unbeliebt machst...?
Das finde ich nicht gut...
Ich will...
... den anderen nur keine falschen Hoffnungen machen.
Hoff-nun-gen...
Ich glaube, du hast zu hohe Erwartungen an Freunde, Hananoi-kun...
...
Ha! Ha!
Nur ein Scherz ...
Jedenfalls willst du um jeden Preis...
... für Hinase-san gewinnen, oder?!
Uuh...

Was hast du vor...?
Ho! Ho! Ho!
Diesmal musst du...
... mir vertrauen!
ぽつ――――――…ん
STILLE
Ob er wirklich kommt?
Geh in der Mittagspause schon mal in die Sporthalle und bereite alles vor!
Bevor ich nur rumstehe, werfe ich ein paar Körbe...
Hananoi will wirklich trainieren ...?
Genau! Darum müsst ihr unbedingt mitmachen!

Na ja, das können wir schon machen...
Aber so wichtig ist das Ball-sportturnier doch gar nicht, oder?
Willst du nicht reingehen, Yo-chin?
Na ja, es ist nur Hananoi drin, da wollte ich lieber auf euch warten...
ZUCK
Er übt schon die ganze Zeit...
Er murmelt „Die rechte Hand stützt“ oder so...
Er meint die linke, oder?
Smile
Hey, Hananoi! Ich hab die Jungs mit-gebracht!
Also...

Hananoi will unbedingt gewinnen...
... darum legen wir uns bis zum Turnier ins Zeug...!
Ach ja, und wenn ihr es ernst meint, bringt Schulbester Hananoi euch durch die kommenden Prüfungen!
?!
WAAAAH!
うおおおお
Durchgerasselt
Durchgerasselt
E... echt ...?!!
Ach, darum geht's...
Legen wir los.
Wir sind dabei.
Gut... das kann ich schon machen...
Hmm...

Aber ich bin schon neugierig, warum du unbedingt gewinnen willst...
Ja, ich auch!
Dodom
Das...
... will ich nicht sagen...
Aber ohne guten Grund können wir nicht vollen Einsatz bringen.
Stimmt.
Komm!
Los!
Hn...
Verein-facht gesagt ...
... will ich...
... meine Freundin beein-drucken...

Waaas?!!
Seine Freundin...? Die, von der alle reden...?
Die sich an ihn herangemacht hat?
WAAAH!
Das stimmt nicht!! Er hat ihr vor allen Leuten ein Geständnis gemacht! Er ist verrückt nach ihr...!!
Ich schätze, du bist eben auch nur ein Kerl...
Ich will zwar, dass ihr mir helft, aber bleibt auf Abstand, klar?
WHOP
Huch!
Aber ich krieg's nicht mehr aus dem Kopf ...!
Gut, gut!!
Dann sind alle einverstanden, richtig?
Prust!
Smile

Dann lasst uns richtig ranklotzen!!
Jawohl!
DOOOM
Klasse 1: scheint nicht zu üben.
Ryota Agawa: 1,75 m, Fußballverein, läuft sehr schnell
Kei Onoda: 1,65 m, kein Verein
↑ spielte in der Grundschule Mini-Basketball
Mori: 1,71 m, Blaskapelle
Schwimmverein, kräftige Statur
Klasse 2
Kyohei Sonoda: 1,82 m, starker Rebound
Nobuyuki Oki: 1,70 m
Haruto Kurosawa: 1,68 m
Daichi Hasegawa
Shigeru Takaba
Hananoi-kun und seine Klassenkameraden trainieren auf eigene Faust...!!

Ich habe zu jedem Basketballteam Recherchen angestellt.
Die anderen Klassen trainieren nicht wirklich.
Wenn wir uns die Sport-Asse und die Spieler mit Basketballerfahrung merken, müsste es klappen.
Wow...
Ich hab noch nie gesehen, dass sich jemand für ein Ballsportturnier so ins Zeug legt.
Irgendwie glaube ich, dass es echt klappen könnte.
Komm doch in unseren Verein...?
Lieber sterbe ich.
Dodom
Dodom
Wheee
Plopp
Sorry, ich kann heute nicht mit dir nach Hause gehen. Ich hab nach der Schule wieder Training...

* Basketball-Match im Manga „Slam Dunk"

SLUSCH
Hananoi ...
Wah, das was intensiv ...!
Yeah!
Das stimmt ...
Yeah...
KLATSCH
Nice Shot!! Wir haben uns ganz schön verbessert!
Falls du gleich noch Zeit hast...
... zeig ich dir meine Todes-technik.
Todes-technik ...?
easy come, easy go

Sieht mega aus. Sie wird ihr gefallen!
SMILE
Du meinst, wenn ich...
... die kann, sehe ich richtig cool aus ...?
BONK
Puh...

SCHLAPP
Ich bin fix und alle. Ich kann mich nicht bewegen ...
Nach der Arbeit
Trainieren und Arbeiten verträgt sich nicht gut, was?
Stimmt...
Ich hab echt schlimmen Muskelkater.
Pat
Pat
Gut gemacht.

Du gibst dein Bestes.
Wir haben zwei Mädchen aus dem Basketballverein... sie sind echt motiviert...
Sie haben uns viel beigebracht.
Und bei dir, Hananoi-kun?
Hmm...
Es läuft nach Plan, denke ich...

Es ärgert mich irgendwie, dass ich auf Kurata angewiesen bin...
Aber er ist ein überraschend guter Lehrer.
Ach ja, ich habe eine Analyse von jedem Team angefertigt. Auch von den Mädchen. Nimm es, wenn du willst.
Woah?! Danke ...!
...
Poff
!
Kyo-chan meinte, du würdest fleißig trainieren.
なで WUSCHEL
なで WUSCHEL
Und dass du in der Pause mit Keigo-kun und den anderen reden würdest.

Das legt sich wieder.
Hah... ist das lange her...!
Wir treffen uns zurzeit nur auf der Arbeit, was?
Zuck
Entschul-dige... hast du mich ver-misst?
Oh, so hab ich das nicht gemeint.
Ich bin zurzeit echt glücklich.
Außerdem freue ich mich, dass du jetzt mehr Leute um dich hast.

Du strahlst so in letzter Zeit.

Lass uns bis zum Turnier eifrig weiter trainieren.
Ja.
Irgend-etwas...
... ändert sich lang-sam...
Ich wäre froh, wenn es zum Guten wäre.
...

Dehn
Dehn
WHEEE
Wir trainieren heute im Park...
Davor jogg ich 'ne Runde.

Ich weiß nicht, wann ich mit dem Training fertig bin. Ich kann dich wahrscheinlich nicht von der Arbeit abholen. Tut mir leid.
Kein Problem! Viel Spaß!
Hotaru Hinase
Senden
...
DASH
Hä...?
Ihr seid aber früh dran.
Oh, Keigo, kommst du vom Training?!
Wir haben 'ne Runde zu dritt gespielt.
Wir wollten auch Hananoi fragen, aber wir kennen seine Nummer nicht.

Wenn man mal mit ihm redet, ist Hananoi kein so übler Typ mehr, oder?
Hätte nicht gedacht, dass er so verlässlich ist.
Aber erst seit kurzem, oder? Er ist zugänglicher geworden.
Ich war mit ihm in der zehnten.
Wenn er noch so wäre wie damals, hätte ich ein Problem mit ihm, glaube ich.
Echt krass, Keigo, dass du nicht aufgegeben hast, obwohl er dich ignoriert hat.
Hmm... ich fand ihn nun mal interessant.
Ihm ist egal, was andere über ihn denken.
Er geht seinen Weg, auch wenn man ihn dafür hasst.

Das be-wundere ich voll.
柚木崎高校
Weil ich mir selbst um solche Dinge mehr Gedanken mache, als mir lieb ist...
Glaub ich zumindest!
Red keinen Quatsch! Du merkst doch so was gar nicht! Du hast das Herz eines Gorillas!
Ha! Ha! Ha!
Sorry, ich bin zu spät ...
Oh, da bist du ja!

Kein Problem, du bist sogar etwas zu früh!
Dann fangen wir an!

Boah... bin ich kaputt!!
Morgen ist's endlich soweit.
Hey, ich hab Kohldampf. Sollen wir was essen?
Zappel
Zappel
Am Bahnhof gibt's ein Familienres-taurant.
Gut, dann gehen wir was essen!
Hananoi, du kommst auch mit.

Nein... Danke.
Warum? Hast du was vor?
Ich hab euch doch gesagt...
... dass ich lieber Abstand halten möchte.

Das heißt ...
Tja, da kann man nichts machen. Dann gehen wir allein!
Dann bis morgen, Hananoi!
...

Schönen Abend!
!
Ha... Hananoi-kun?!
Was ist los?! War heute kein Training...?

?Ha... Hananoi-kun...?
Was ist denn los...?
Entschuldige.
Irgendwie weiß ich...
... überhaupt nicht mehr...
... was ich tue...

Ich will ein besserer Freund werden.
Aber ich hab das Gefühl, dass ich dich dadurch im Stich lasse...
?
Ach so!
Macht es dir so zu schaffen, dass wir uns nicht treffen können? Ich hab doch selbst Training! Das ist kein Problem ...
...
Oder geht's...
... um was anderes ...?
Was ist mit ihm los?
Ich dachte, er würde im Moment jeden Tag trainieren...
... und sich mit Keigo und den anderen richtig gut verstehen...

Hananoi-kun...
Du weißt, dass du nicht immer nur...
... an mich denken musst, oder...?

Grap
Du hast...
... recht.
Das wäre schließlich normal... oder?
?
Aber ich kriege das nicht hin.
Du sollst für immer die Nummer eins in meinem Herzen sein...
Mehr brauche ich nicht...

Mir reicht eine wichtige Person.
Ich hab ja auch nur zwei Arme.
...
Pat
So langsam verstehe ich...

Ich war einfach nur froh...
... dass er mit anderen redet.
Aber für ihn war das alles andere als leicht.
Er hat sich so sehr den Kopf zerbrochen.
GRAP
Manchmal denke ich ...

Vielleicht will er in Wahrheit...
... neben mir noch weitere Personen, die ihm wichtig sind...
Aber...
... je mehr wichtige Personen es in sein Leben treten...
... umso schwieriger wird es für ihn, ihnen allen gerecht zu werden.

Kann ich ihm ...
... denn gar nicht helfen...?

## Vorbereitung ist alles

## Ernsthafter Blick

Einen Schritt vor und zwei zurück

Die berühmte Freundin.

KAPITEL 24 Mein erstes Mal Anfeuern

# Ein Gefühl namens Liebe

Gääähn...
Ich bin noch ein wenig müde...
... Hotaru-chan?
Morgen, Hana-noi-kun!
Mo... morgen.
Was ist los? Du bist aber früh da...
Eine Stunde früher als ausgemacht...

Hehe!
Ich wollte wieder früher da sein und auf dich warten.
Eine Nacht ist vergangen.
Blick
Hananoi-kun sieht noch ein bisschen fertig aus.
Gestern Abend hab ich Keigo-kun via Kyo-chan nach ihm gefragt.
Aber es scheint wirklich nichts Besonderes passiert zu sein.

ちゃん
TSCHILP
ちゃん
TSCHILP
Wie ausgestor-ben...
Ich mag es, wenn die Schule so still ist.
Ich auch.
So schönes Wetter.
Hotaru-chan.
Hast du schlecht schlafen?
Swuff

Hä?!
Zuck...
Augen-
ringe?!
Äh... ja...
ich war etwas
aufgeregt und
konnte nicht
gleich einschla-
fen...
Außerdem
bin ich früh
aufgestan-
den...
Aufge-
regt
...?
Du
hast dich
echt ins
Zeug
gelegt,
Hotaru-
chan.
Ihr habt
so viel
trainiert.
Das klappt
bestimmt.
Ja...
Ist
wieder alles
in Ordnung,
Hananoi-
kun...?
Du warst
gestern ein
bisschen
...
Na
ja... ich
meine...

Ja...
Entschuldige wegen gestern. Vergiss das bitte.
Ich hab vielleicht zu viel trainiert und war müde.
Aber diese belanglosen Treffen sind ab morgen vorbei.
Morgen beginnt wieder der Alltag.
Dann ist alles gut.

Ich will nicht, dass du es so nennst.
Ihr habt wirklich hart trainiert.
Viel mehr als ich.
Ihr habt jeden Tag in der Mittagspause oder nach der Schule geübt.
Wenn die Sporthalle belegt war, wart ihr im Park und habt dort trainiert.
Und wenn du nicht trainiert hast, hast du ein Buch über Basketball gelesen.

Und du nennst es „belanglos“ ...!
Das ist unfair dir selbst gegenüber, so ernst, wie du es bis heute genommen hast!
Es wäre vielleicht besser, wenn du nicht an die Zeit nach dem Spiel denkst!
Auch nicht an den Bambusreis!!
Hey, Ho-chan!
Zuck
Hotaru-chan...

ZUPP
Hier, bitte!!
?
Ich bleibe heute bei den Mädels aus dem Team und kann nicht mit dir essen.
Ich komme auf jeden Fall zu eurem Spiel!
Ich bete, dass dein Fleiß belohnt wird!

Ich werde dich heute...
... mehr als jede andere auf der Welt...
... anfeuern!!
Morgen! Du bist aber früh dran.
Morgen...!
eber Hanan
ass es dir schmecken.
Hotaru

TRILLER
WAH!
WAH!
Lauf!
Hurra!
Akari-chan!
Guter Pass, Hinase-san!
STOLPER
!!
Hotaru-chan, Kopf hoch...!

Grap
たTAP
Du machst das!
Ich bete...
... dass dein Fleiß belohnt wird!

Ah Hananoi! Da bist du! Das Spiel beginnt gleich.
Oh... ja.
WAH!
WAH!
Viel Erfolg, Hotaru-chan.
Hat Hinases Team gut gespielt?
... ja.
Ich möchte lieber Abstand halten.

Was habt ihr gestern noch gemacht?
Hm? Wir waren im Saizeriya. Yochin war noch nie da.
Er war so vom Hähnchen begeistert, dass er es drei Mal bestellt hat.
...
Was ist? Wolltest du was anderes hören?
Hast du etwa gedacht, wir wären sauer?
Das sieht dir gar nicht ähnlich!
...
Wir haben darüber geredet, dass wir dir wohl zu nah gekommen sind und haben dann die Sache vergessen.
Ist doch egal, oder? Ich hab zwar gesagt, dass du auf sie zugehen sollst...
... aber jeder hat seine eigene Wohlfühlzone.

Lass uns heute Gas geben.
Hananoi-kun hat vorhin zugeguckt, oder?
Macht einen irgendwie nervös, wenn so ein hübscher Kerl zusieht...
Ha! Ha! Ha! Das verstehe ich!
MAMPF
Er liebt dich wirklich, oder, Ho-chan...?
Gulp

* Anrede für ältere Mitschüler

Los, wir sollten die Strategie für unseren Sieg besprechen!
Heute Nach-mittag gewinnen wir!
Jaa!
Raun
Raun
Das Spiel heute mor-gen war ein Kinderspiel, oder?
Im gegneri-schen Team hatte keiner wirklich Erfahrung.
Bei Yo-chins Pass hab ich Schiss bekom-men.
Waaah!! Vergiss den Pass!!
...
Dodom
Dodom
ぱか
KLAPP

ガンバレ!!*
* Viel Erfolg!!
Außerdem bin ich früh aufgestan-den...
ぱく…
HAPPS

あ
BLUSH
Dein Bento ist ja der Hammer!!
Zuck
Das hat deine Freundin gemacht?!
Sieht das lecker aus!!!
Kann ich ein biss-chen...
Fass es an und ich brech dir die Finger.
KNACK
Zum Fürchten !!!
Für Freunde behandelst du uns echt mies ...
Wir sind keine Freunde.
Mach dir nichts draus.
Heul
Zuck

Du hast es belanglos genannt. Das ist unfair dir gegenüber, so ernst, wie du es bis heute genommen hast!
...
Wir sind zwar keine Freunde...
... aber ich bin euch dankbar...
... dass ihr mit mir trainiert habt.
Aber von diesem Bento würde ich nicht mal meine Eltern essen lassen.
Swusch
PRUST!
Was soll das wieder heißen?!

Hn...?!
So ist das also...! Du bist verknallt!! Das hab ich ja noch nie erlebt...!
HI! HI!
HI! HI!
Keigo hatte Recht, Hananoi hat seinen eigenen Kopf.
Eigenen Kopf...? Selten...?
Schwupp
Na gut, spielt doch keine Rolle...
Wir mögen zwar keine Freunde sein, aber wir geben beim Spiel trotzdem Gas. Mach dir keine Sorgen.
Aber vergiss nicht dein Versprechen mit den Prüfungen!!
Hey, Jungs! Der nächste Gegner ist Klasse 6, die sollen stark sein!
Lasst uns eine Strategie besprechen.
Oh ja, du hast recht.

E...
Es spielt keine Rolle...
...
...
Will ich das wirklich...?
Ich hab meine Nummer eins gefunden.
Kommt mir darum nicht zu nahe.
Ich könnte euch nichts weiter geben.
Ich möchte nicht euer Freund sein.

Ist doch egal, oder?
Blick
Ach ja... wenn eh alles egal ist...
Dann heißt es jetzt...
ガンバレ!!

TRILLER
Hah!
Hah!
Wir...
... haben verloren !!!
Aber immerhin sind wir weit gekommen!
Ich finde, das war spitze!!
Oh! Herr Lehrer!! Haben Sie das gesehen?
Klatsch
Klatsch
Das habt ihr wirklich gut gemacht.
Wo steht unsere Klasse gerade?

Hängt von den Ergebnissen der Jungs im Basketball ab.
Klasse 3 führt gerade.
Hana-noi-kuns Klasse...
Shi... Shiba-mu... ich... also...
Ach so, die Jungs spielen in Sporthalle 1, oder? Dann lauf!!
Dank dir!
Tap
Hah!
Warum musste ich ihm heute Morgen so was sagen ...
Ob alles okay ist...?
Hah!

Los!
Gib alles!
ガラ…
RATTER
わあっ
WAAAH!
Nice Rebound!
Lauf!!
わー
WAAAH!
わー
WAAAH!

YUKISAKI
わあああぁ
WAAAAAH!

SLUSCH
Nice Shoot, Hananoi!
HÜPF
ぴょん
HÜPF
ぴょん
キャー
KREISCH!
キャー
KREISCH!
Ho-chan, komm mit!
Von oben sieht man besser!
Siehst du?
Auf geht's!
Waaah, der Senpai sieht so toll aus!!!
Wow, alle feuern sie an. Hananoi-kun ist beliebt!
Das stimmt.

Los, Ho-chan, anfeuern!
Du hast recht!
Zuck
Ha... Hananoi-kun!
Gib alles!!
Zuck
WIRBEL
Wow, er hat uns sofort bemerkt!

Hotaru-chan.
PUFF
ギャーッ!!?
WAAAAH!
Hananoi, konzentrier dich!!!
Zum Fürchten...
Du konntest in dieser Menschenmenge echt deine Freundin finden?
Keine Sorge, er hat dadurch Energie bekommen!
ZOOOM
WHOOO!
Verdammt! Gegen so einen, der nur gut aussehen kann, dürfen wir nicht verlieren ...!
Huch!?
Muss gewinnen ...

Sutsch
Hananoi-kun...
Sind seine Sorgen von heute morgen verschwunden ...?
Was ist das? Komisch...
Kei-chan, los!!!
Smile
Irgendwie strahlt er so...
Viel mehr als sonst!
Ich kann gar nicht wegsehen.

Ich kann nicht weg-schauen!
パスッ
SCHWUPP
Flatter
20
36
わぁぁあああ
WAAAH!

Defense!
ZUCK
Schüttel
Anfeuern!!
Halte durch! Hananoi-kun...!
Streng dich an...!

Wow, super!!
Hananois Block ist super hoch!!
Die Positionen sehen ungefähr so aus.
Keine Sorge, das Werfen können wir vernachlässigen. Wir trainieren lieber die Abwehr...
Hananoi, sollen wir die Todestechnik üben?
Die Todestechnik?
Zuerst passe ich dir zu.
Dann machst du es wie in dem Video...
...

Kriegt man das denn im Spiel hin?
Oberschüler schaffen das eher selten, denk ich.
...
Aber Hinase-san verschafft dir einen enormen Kraft-Boost, hab ich recht?
Du bist größer als ich und schnell. Es ist nicht völlig unmöglich, glaube ich.
Wenn die Bahn frei ist, könnte es klappen.
Als ich früher mit den Senpais im Verein trainiert habe, konnte ich den Korb nicht erreichen.
Du konntest nicht gut mit den Senpais, aber hast so was mit ihnen geübt?
Oh.
Man muss sich nicht verstehen, um miteinander Basketball zu spielen.
Aber man muss sich vertrauen.
Das habe ich in letzter Zeit gelernt.
Kurata, du bist echt... ich hätte nicht gedacht...
YUKISA

Was nicht gedacht ...?
Nein, ach nichts.
Ha! Ha!
Man kann sich völlig fremd sein...
... und trotz-dem auf dem Basketballfeld gut harmo-nieren.
Das macht echt süchtig...!

Hananoi, lauf!!
Er läuft noch?!
Fitsch

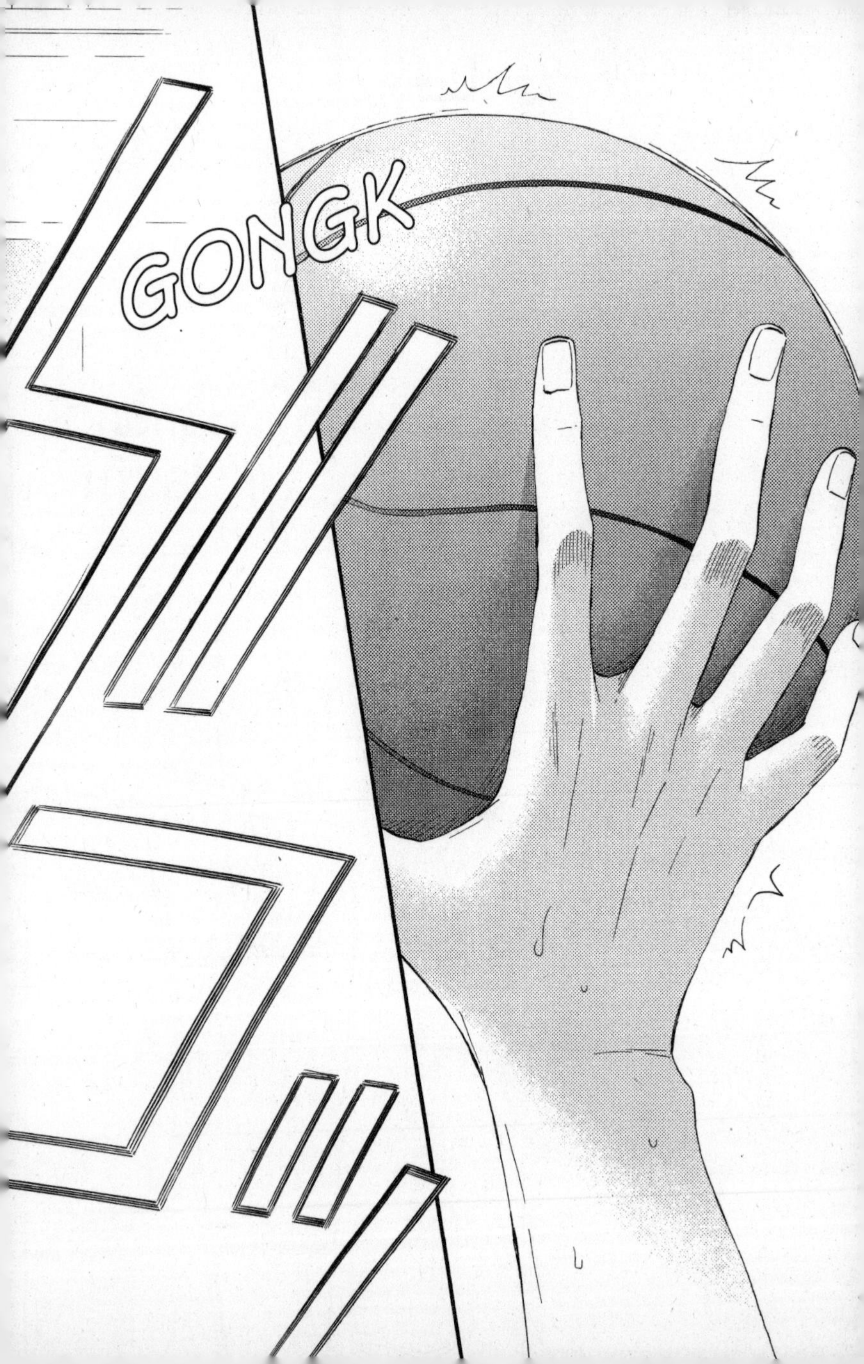
GONGK

ワアアアア
WAAAAAH!
...
Stomp

TRILLER
Das Spiel ist aus!
HAH!
HAH!
Waaah! Was war das?!! Krass!
Zitter
Zitter
Waaah!
Was zur Hölle?!! Seit wann kann er das?!!
Ha! Ha! Ha! Es hat ge-klappt!
Hananoi!

ぱんっ
PATSCH

Kei-chan!
Das hast du gut gemacht!! Super cool! Ich wusste es!!
GRAP
Waaah!
Mein Freund ist der Allerstärkste!!!
Ha! Ha! Ha! Danke.
Blush
Hä? Wo ist Hananoi-kun?
Er ist sicher zu Hinase-san gegangen, oder?
Er zieht es durch.
Dabei ist doch gleich die Abschlussfeier.
Ist doch okay, das hat er schließlich nur für sie getan.
Oder?
Hi! Hi! Hi!
Aber ich versteh ihn schon.

Flüster
Das bleibt unser Geheimnis, okay?
Flüster
In Wirklichkeit will er...
Hah!
Hah!
!
Hotaru-chan!

Hananoi-kun!!
Da ist er!!
Das war der Wahnsinn!!!
Was war das am Ende?! Das sah so cool aus! Als wärst du von Keigo-kuns Pass angesaugt worden!
WAAAH!
Das war alles so perfekt in eurem Team! Mir fehlen die Worte!
Ho... Hotaru-chan, beru-hige dich ...
Oh, Ent-schuldige.
Äh... was ich dir sagen wollte...
So auf-gekratzt ist sie selten...

Wahnsinn!
Du sahst so cool aus!!!

Wie es aussieht, hat es ihn...
... immer gestört, dass Hinase-san ihm noch nie gesagt hat, dass sie ihn cool findet.
Jeder will doch, dass ihn seine Freundin cool findet, oder?
Was? Das war sein Problem?! Wie kindisch!
Voll, oder?

Vielen Dank!

Dass du mich angefeuert hast und...
... Danke für das Bento!
Ha! Ha! Ha!
Und so endete...
... das Ballsport-turnier, das mir einige Sorgen bereitet hatte...
... mit Hananoi-kuns wunderschö-nem Lächeln.

Ein Lächeln ...
... das im Vergleich zu seinem Lächeln bisher...
... strahlte wie nie.

Der Erwachsene, der sich freut, dass ihm ein junger Kerl vertraut

Puh...
Ich bin neidisch auf dich, Kurata... deine Freundin sagt immer, dass sie dich cool findet ...
Was redest du da, du bist weltberühmt...!
...
...
Hä? Warte. Sie hat es nicht ein Mal gesagt ...?
Nein, noch nie. Schlimm ...?
Hinase-san ist zu krass...

Was nach Kapitel 24 geschah

Äh... also...
Also dann...
Was cool aussehen könnte... ich weiß auch nicht...
Bri...
Nuschel
Brille ...?
Am nächsten Tag.
Ich wusste es!
Du hast dir sofort eine aufgesetzt!!
Aber du siehst tatsächlich cool aus!
Ob er wirklich cool aussieht, weiß ich nicht. Aber mit Brille wirkt er so natürlich und beruhigend...

VORSCHAU
Die Beziehung der beiden …
… entwickelt sich immer weiter …
… Schritt für Schritt.
Der erste
Sommer kommt!!!
In den Sommerferien…
… hat sich auch ihre Liebe aufgeheizt…?!!
Ein Gefühl namens Liebe 7
In Band 7 passiert einiges!

Ein Gefühl namens Liebe

MANGA 漫画

EGMONT

MANGA 漫画

EGMONT

www.egmont-manga.de
facebook.com/EgmontManga
instagram.com/EgmontManga
twitter.com/EgmontManga

# SUTOPPU!

**Koko wa kono manga no owari dayo.
Hantaigawa kara yomihajimete ne!
Dewa omatase shimashita!
Tanoshii hitotoki wo dozo!**

**Egmont-Manga-Chiimu**

# STOPP!

**Das ist der Schluss des Mangas.
Fangt bitte am anderen Ende an!
Und nun genug der Vorrede,
viel Spaß beim Lesen!**

**Euer Egmont-Manga-Team**

**www.egmont-manga.de**
Unsere Bücher findest Du im
Buch- und Fachhandel und auf:

EGMONT Shop

www.egmont-shop.de

„Ein Gefühl namens Liebe“ von Megumi Morino
Aus dem Japanischen von Yayoi Okada-Willmann
Originaltitel: „Hananoi-kun to koi no yamai“ Vol. 6

Originalausgabe:

First published in Japan in 2020 by
Kodansha Ltd., Tokyo.
Publication rights for this German edition arranged
through Kodansha Ltd., Tokyo.

Deutschsprachige Ausgabe:

verlegt durch Egmont Verlagsgesellschaften mbH
Ritterstraße 26, 10969 Berlin

2. Auflage 2024
Verantwortliche Redakteurin: Manuela Rudolph
Lektorat: Christopher Willmann
Covergestaltung: Anke Koopmann - Designomicon
Koordination: Angelika Schönhuber
Printed in the EU
ISBN 978-3-7704-4189-1

story house
EGMONT